詩集

# うたう星うたう

瑶いろは

ボーダーインク

# うたう星うたう／目次

# うたう星うたう

# Garden

雨は踊る
土がそれを見ている
雨と土が出会うとき
どちらが先に
相手を受け入れるのだろう
雨と土にも相性があるのだろうか
じっと見られた雨が色づいて
世界は色まみれ
大きな生き物も小さな生き物も色まみれ
虹色に息吹いたわたしたちはいっせいに
会いにいきたい生命《いのち》をめざした
まだ夜も朝もないはじまりの庭

# あおいちきゅうにキスして

あいじょうたっぷりの
おにぎりが
いちばん
ちからになる
きめてたんだずっと
ゆうぐれどきから
うちゅうにむかってさけんでいる
にんげんのわたしだけど
きみにちかづきたくて
すごくねがってちからいっぱいてをのばす
しみわたるなみだをむだにはしない
てんしはわたしのなかにいる

# ところ

あなたの指が
こうして赤を選んだとして
それが真水に落とされたとき
にじんでゆく
その流れでわたし
溺れてもいい
わたしにはあなたが
赤だけでなく
きらめく金いろにも
ときどきひどく黒くも見えて
これがあなた以外ならば
ただの赤に見えるだけのこと

あなただから
あなただから
目が離せなくて
見つめているだけのこと

あなたのもだえもあえぎも
わたしまだ知らない
あなたがまだわからない
だからわたし真水になる
あなたがここに落ちてきてほしい

ひとしずくになって
今日もひとしずくになって
いつかわたし
あなたを受けいれる
ところになりたい

# バニラ・ベール

裸のあなたが
わたしの裸を
見つめている
二人を隔てるベールから甘い香りが漂い
それを嗅ぐと身動きが取れないまじない

どこまでも神様にじらされて
わたしは身をよじり
爪の先まで啼いてみせた
どこまでも神様にじらされて
あなたは耐えきれず
わたしから目をそらした

わたしは待ってとあなたを呼んだ
呼んだ声が響いた深い夜
白い羽根どこからともなく降って来て
いつまでも鳥がさえずっていた

残り香だけで
このままどこまでいけるというの

神様にじらされたまま
わたしだけがまだ
人間のまま

# REBIRTH

この身は引き裂かれている
千切れた体から
ぼたぼたと物語がしたたり落ちる
秘め事は何ひとつ隠せなくなった
背中がひどく痛む
昨日のことがずっと前のことみたい
明日がずっと未来のことみたい
今日が本当にここにあるのかよくわからない
これでもかと苦しめた幾つもの心
何故こんなになるまで気づけなかったの
こだわっていたあれは間違っていた
集め過ぎた偽りを前に崩れ落ちる

いっそ記憶喪失になって楽になりたいと咽ぶ
見上げた空がどんどん綺麗になる
どうしようもない全ての事が
命の根源に向かって
のびのびと成長している
この瞬間にもひたすらに
万物のフィナーレ激しく揺れる
あの日の狂気もまた万物だと
朝がこちらを指差した
愚かさを噛みしめて帰る
おしまいとはじまりの間に建つ神殿へ

# 女

誰もここへは来ない
女は泣いている
出したことのない声を
女の耳が聞いた
冷えた荒野でただひとり
狂った方位磁針のように
女は居た
女の身体が風化しようとしている
それでも誰も
誰もここへは来ない
息は途絶えたのかピクリともせず
しかし辺りに波紋が描かれ始めた

景色を揺らしながら無音で広がっていく
女は皮膚から外側へと泳がせた
女を通過してきたこれまでのあらゆるものを

凍えた身体で
どれだけときが過ぎただろう
どれだけのものを手放しただろう
女が立ち上がる
踏みつけられたあの日と垂直に

女は堂々とさらけ出し
一糸まとわず歩み始めた
見なさい
見なさい
見るがいい

いったい何を超えたのだろう
女が動くたび風が生まれる
惨めな時は流れ流れて
いつしか女を華にした
何色をも知っている純白の華に

女は気づいているだろうか
その瞳にまばゆい星が宿ったことを
気高く強く女に照らされて
こんなにも大地が歓んでいる

# 手紙

―雨が強く降っています。
白い蝶が飛んでいます。
あんなに小さな羽では、
この雨は結構な衝撃かもしれないと
眺めながら心配になっています。

この手紙はどこへ送られるだろう
いくらの切手を貼ればいいのかな

寝そべっていたら
布団から畳へどんどんめり込んで
いよいよ土に達した

左右の頬は押し上げられ
眉毛を逆撫でして
さらに地層をずんずんしずんでは
地球の最も内側の世界へ進んでいく
巨大な太鼓が激しく音を立てている
祝福か叱咤か

降ってきた雨を巻き戻した
水滴は回想で浮上していく
数えきれない粒達が
ここに触れては弾けている
スローモーションで
スローモーションで

鳴りながら消えていくのは個の意識
指先が消えても残るかしら此の意識

嘘と真を交わす乗り物で
座標がわからないまま
眩暈はつづいていて
それでもぼくは手紙を書いている

―雷は鳴り止みそうもありません。

# 理乱クーラント

朝が来ても
永遠に真空の闇のよう
泣きながら目覚めるのはもう何度目だろうか
刃で振り払おうとしても錆びついたその先では
とどめを刺すこともできず
また台所に収められて何事もなかったかのように
翌日ギラついている

今夜も誘うだろう
誘われるだろう今夜も
そして
だから

しかし
どんな接続語をつぶやけば
ここから抜け出せるのか

バラ色だった爪先は
いつの間にか鮮血で染められ
加速して止まらない思考を
こぼれ落ちてゆきそうな情熱を
わたくしが誰なのか薄れていく中を
踊っている
翻る裾が描く軌跡は恐ろしいほど正確で

ここは確か愛の身
漆黒だと思われている場所が本当はそうじゃないように
これまで記されてきた色々がゼロ地点に立つだろう
耐えきれず心を許したら蔑む目で睨まれて嗚咽した

あぁあ
ここは確か愛の星
雲の向こう側と約束したことを彩るのは
こんなにも
こんなにも遠いのか

…この世まだ夜
目の前に熱い朝陽が見えたから
書き始めたはずだった

# 運命

蝶を撮ろうとシャッターをきったら
写っていたのはチョウ・チョ・ウだった
大事に切り取ろうとして
ありのままが見えなくなる
複雑になっていこうとする
苛立つ

人は動かされる
綺麗なままでいたくても
運命は時に容赦なく凄まじい
邪な醜い己これでもかと襲い来る
人はこうやって落ちていき

狂っていくのかもしれない
運命を見つめることに疲弊し
無力になった瞼で横たわる
だのに鍵盤は眠らない
不協和音が運命を押し進める
このままではいられない
どうしてもほっておけない
解決すべき一音にまで
遂に転がったならそこは
永遠を垣間見る静寂

出ても出てもまだある人のトンネルで
とこしえに縷々として灯るもの
先人はそこで声にしたであろう
―もっとある
　描きたいものはもっと…

運命にこだます声なき声
つづきを託されたのは
今を生きるわたくしたち

たいせつなことは
むつかしいかたちをしていない
踏みしめるごと立ちのぼる決意の香

人は動かされる
花火が赤々と舞い散り麗しきほうへ
クライマックスな旋律で
この世に落ちて来る
美しい雨に呼ばれ
人は聖水を飲む
人を祈り人へと導くのも
また運命

堪えた着地を繰り返す
生まれても生まれても
思い出した最愛

どうしても
ここに生まれた運命を
愛してしまう

運命がサンクチュアリを指し示す

# 旗

そこにわたしは入っているだろうか
凛々しく掲げることができるまでに
どれくらい向き合えばいいのだろう

自分はなにびとなのだろうという謎を解こうとして
世界に愛を探しているのかもしれない

—「どこにあるの?」
—「ここにあるよ。」

いつものこたえ指にからまるのに
なにも見えない

持っている沈鬱がこぼれおちている

# いのちのきもち

生きているの？
死んでしまったの？
すでに死んでしまっているなら
お骨はどこにあるの？
私はそれをひろってあげられる？
私はここにいるよ
でも逃げ回るうちに
どこまで走って来たのか
わからなくなってしまった
ここはいったいどこだろう？
私がここで死んだら
私が私だと

誰がわかってくれる？
誰が見つけてくれる？
もし私が生き延びたなら
家族のお骨は全て私が
ひろい集めてあげられるのに
私達家族は
同じお墓に入ることもゆるされないのか
生きていても死んだあとも離れ離れなんて
なんということ…
太陽に届くように
水平線に届くように
このいのちを大きく歌いたかった
どうかもう全部
優しく終わってほしい
早く家へ帰りたい
家族のもとへ帰りたいよ

# かなしい呪文

そこに刃があるとして
それを手に取る人と手に取らない人がいる
刃を手に取ったとして
それを自分に向けるのか自分以外に向けるのか
その違いなのか
狂ってしまった気を刃で消そうとするなら
とても力の要ること
首も肩も背中まで凝り固まり
頭をうまく回せない
辺りを見渡せない

愛しい

子のこゆび
子のほっぺた
子のやわらかいかみ

愛しい
陽を風を雨を花を

愛しい
怒りも憎しみも覚えたことさえも

愛しいものを数えている間に一生が来る
そんな星に生きているというのに
そんな命を生きているというのに
こんなにも光なのに
人の寿命に殺しあう暇なんてない
あなたも愛

わたしも愛
ここもどこもかしこも愛愛愛
壁を蹴ってもたんすをぶっても
それは本当のわたしじゃない
刃を手に取って自分に向けるわたしは偽物
刃を手に取って自分以外に向けるあなたは偽物
それは本当のあなたじゃない
あなたは愛
わたしは愛
ここは愛
愛愛愛

# 二つの銃

ここに二つの銃がある
銃口が睨み合っている
引き金は引かれてしまった
冷たく伝う汗が理性を奪う
二つの銃は震えている

いえ
ここにあるのは二人の人間
震えているのは銃ではない
恐怖のあまり更に力んでますます緊迫
どうかそちらが先にその手おろしてと
血走った眼は懇願している

そこに現れたとんでもない夕暮れ
ねえ
大地に銃を置いて
この地球《ほし》に見惚れよう
運命を変えるのにただ一瞬があれば十分よ

ここにあるのは二つの心
凍てついた永い時をとかします
両肩ゆるめて翼大きく広げます
そう
あなたと世界をあたためるため

いま
血まみれのページをめくる
あなたとわたしそよめくわ

# ふくらんだ水

ふくらんだ水を揺すってみた
バナナの葉が大きく抱きとめた
ソテツの棘が話している
海辺の砂粒がタイムマシン
血と骨は何と転がって
閃光になるだろう

ティダを拝む手に戦火の残響
灼熱の雨にしがみついて叫んでいる
呼べなかった名を轟かせては
また封じ込められ

今も昔もデイゴは咲く
落雷を連ねて乱舞する

ふくらんだ水を揺すってみた
島がいよいよヌードになった
絵描きが大勢筆を立てている
むしり取られた肉片から
常に祈りはほとばしり
七つの海を巡るだろう

ロケットに乗っていた頃の未来からの残像

「愛している」の発声を覚えている喉元
隣人を抱きしめたいと言っているの
もう封じ込められはしない
星の意思が敵に味方に降って降っては

世界地図はプリズムになって群舞する

ふくらんだ水を揺すってみたら
ぽちょんぽちょんと
生まれたての音がした
慟哭の記憶を
美しい泡は知っているから美しい
その息吹をずっと待っていた宙で
悠久の友となった星々が輪舞する

# 約束どおりにレインボー

太陽を二つ見た
一つ隠した
あの月の文様で解読して
床に落ちている星をならべている
悲しみの眠らないグラウンドで喚いていた
そうか喚くだけじゃ消えないんだ…
うたううたうルルルル
うたが運んでいってくれる
陽気さをつなげて生きてみよう
そうすれば世界に魔法がかかるルルルル
願いごとは叶いごとにビビディバビディブゥ
愛そのものになっていくドラマチックな進歩

ライラックを羽織り指を鳴らす
ドロドロもイガイガも
ぜんぶが人を愛にする
過去のスコールからの投げキッス
この手にキャッチして飲み込んだ
小さな頬に優しい言の葉たくさんつめこんで
もうだいじょうぶと思った黄色い朝
ああなんて今日は可愛い日

# ルーレット

レモンが月
降りてきたころ甘くなってる
ひらりはらり
一輪のしなりなぞっては
ゆらりるらり
精霊たちをひき連れて
くるりころり
小さなバレリーナ旅に出る
きらりらり
なびく髪にティアラ
ボッティチェリの泡が微笑む
五線譜は泳いでいる

ピアスがゆれて
世界を丸ごと映し出す
透明な球体に
今日も那由多の生物が反射する
この世の空洞は見つからない
ルーレットは回る。
一夜で変わる。

手招くのに
はじめてだったからうまく飛び乗れなくて
新しい絵の具ばかりでは塗り足せない
深い瓶に詰めてじっと覗き込む
強すぎたものは何だったのか
次第にひび割れて…
突如消えた！
ルーレットは回ったから。

静かに手繰り寄せる
いびつな窓から。

望みが絶えるのか
絶対に望むのか
絶望の二文字でお手玉をした
回りそう…
音がする
呼んでいる…
吹き荒ぶ
どんなに場面が変わろうとまっしぐらでいくわ
高い星にも届く足取りで一天を見据えたら
ルーレットは回った。
一斉に蝶の群れ
舞い立った。

# せかい

はじめてのときにみたもの
もうおぼえていない
そうくちにしたら
きゅうにせかいがうごめいた
まっさかさまにおちてきて
どすんとおおきなおとがして
ふてきなえみをうかべている
なにをたくらんでいるのかって
おそるおそるきいてみると
うそをつくなだと
ああそうだ
ぼくはおおうそつきさ

こんなひがあったっていいじゃないか
なにもかもなげだしてしまうぞきようこそは
だれがなんといおうと
てこでもうごかないんだ
ぶあついかべをつくって
どいつもこいつも
のぞけないようにしてやるのさ
ひかりのにわ
えいえんのへや
ひみつのまま
まほうのかぎはたったいま
ほのおのなかで
とかしたばかり
あとかたもない
にどとつくれない
ゆいいつのかぎだった

それをのみこんだほのおさえ
もうすぐはいになるだろう
うそをつくな
せかいがまたうごめいた
くすぶるおまえのほんしんを
おれはだれよりもしっていると

# 痛い

逃げ場はない
低く低く小さく小さく屈んでも刺さる
降ってきた針はそこら中に突き刺さる
「痛い」とぽつりこぼしたら
声は「痛」「い」という文字になり
文字に針が貫通してグサッと地面に突き刺さる
目の前で斜めに突き刺さった「痛」と「い」に
さらに針は降り続け、針は降り止まず
「痛」も「い」も針に埋もれていった
辺り一面、針の山
やがて地の土も見えなくなるだろう
針は頭上から降り続け

刺さり続けた肌は色もわからなくなっていった
再び何か言おうと息を吸いこんだら
針という針を吸いこんで、鼻腔で気管で両肺で
今度は内部から針が突き刺さる
何も言えなくなって
たった今、目から一滴涙が落ちたところ
その一滴めがけて針は勢いよく降ってきて
またも見事に突き抜いて
涙一滴が左足の親指の爪に突き刺さった
咄嗟にビクッと爪先をすぼめたら
僅かに現れた地の土にここぞとばかりに針は突き刺さり
爪先で守っていた地の土は一瞬で見えなくなって
身を支える足裏の面積はさらに狭まってしまい
動けない……
たまらず見上げれば両目に針が突き刺さり
どうすることもできないとため息をつけば

白い呼気まで針に刺され、そのままガシャンと落下した
針針針針針針針
針に浸食され
突き刺さった針の重みで自身が倒壊するその時にも
地上に出来上がった針山ですべてを串刺しにされる
ここで最初にこぼした声が不気味にこだまする
世の端から跳ね返り
伸びに伸びて膨らみ膨らんだ「痛」と「い」は
より多くの針にまみれ
じわりじわりこちらに近づいて来る
じわりじわりと見えたのは遠くの方だったからで
近づく程にそれは冷酷な速度だと知った
とっくにまったくの針の塊にしか見えない体に
こだまの文字がものすごい衝撃で突き刺さる…

ここから何を思いはじめるのか。さあ、やってみなさい。

何もかも当たり前に突き刺さる針の世が言う
なんとそれが千万の針で形作られた巨大な一行となり
ぐるぐると巻きついて
奥まで突き刺してきた
内部が外部までできて
外部が内部までできて
針でぐじゃぐじゃになったのに
生きている
生きている
生きている

# ノクターン

月を追って　宙を知る
星を伝って　夢を見る
瞼の裏を
めくってみせたら万華鏡
道があるなら暗闇だとしても示して
ここと　そこと
どれほどの違いがあるというの
アレを突き刺す音で転げ落ちたなら
銀河の匂いも教わるでしょう
こんな傷ならいつまでも欲しい
お気に入りの香水より
わたしの本当に近づけてくれる

誰もいないところで
そっとひざまずいた
神様もたくさん泣いたのね

# 終わりのない歌

誰に届けたいわけでもない
ただここに立ち尽している
緑の草原で地平線を眺める
優しい歌を口ずさめたなら
長閑なこの景色の最後まで
艶やかに飛べるのだろうか
一筋また一筋と溢れて来る
ずっと向こうからの何かと
過去からの全てが溶ける所
考えはもっと大きなものに
いつの間にか流れ込んでは
ひとつの深呼吸に変わった

その一点が滲む色彩を見て
魂の広がりを描く神さまを
細胞の隅々に抱いてみるよ
うまく言えない風が吹いいて
初めてする顔で瞳を閉じた

# 嗚呼

葉がゆれて
空がひかり
今日もこの手に
風が来た

きつく握りしめていたものをひらく
逆さまに見上げて
笑ってみせたら涙こぼれた
いろんな気持ちが
マーブル模様になって
もうすぐ透明になるしるし
いまパステル

ほどかれていく
ひりつく感情
とりつく観念
何も知らないままでは
ここに立つことはなかったから
知ることができて幸せと
どうにか唱えている

いつかわたしは
生まれたばかりの赤子だったり
銀髪の老人だろう
女だったり男だろう
人だったり星だろう
歳も性も時も場所も無くして
そしてまた知っていくのよね
まだ見ぬ景色を手にするために

聞こえてくる
肉体を無くすのは今じゃないという声
いつの時代もひとひらずつ咲いていけばいい
蝶の羽音はそれを優しく揺らすだろう
光で編まれた時空を翔けぬけていく
ディテールまで香り立ち眩しく透けている
煌めく粒がころがる遼遠へ
いま離陸した
飛行船に乗って

葉がゆれて
空がひかり
今日もこの手に
風が来た

# しらべきらめく

雲が流れるのを
まだ知らなかった
大地はいつだって
立ちくらむわたしを抱きかかえた
ブランコから蹴りあげても
ジャングルジムから振りかざしても
天はいつだって
すべてをとくとくと注ぎこんだ
一生分のものをこのなかに

昼寝から覚め
まだ青い空

まだ今日が輝いている
横の幼い寝息に語りかける
やがてどうしてもやって来る
ぱりん　ぱりん　音を立てて
やがてどうしても割れるでしょう
そうやって生まれて来たように
ぱりん　ぱりん　懸命に息しても
ぱりん　ぱりん　タナトスに触れる
ぱりん　ぱりん　遠く響いて
ぱりん　ぱりん　散らばっていく
散らばるものを拾い集めて冷静になる
本当は何もかも知っているはずだと
それを忘れていただけなのだと
一生分もらったことを忘れた頃に
雲は流れ始めるの
雲は流れると知ったけれど

狭い路地に突っ立つばかり
仰ぎ見る先が歪んでいる
いつしか訪れる記憶の暮れ
青い空も明るい日も見えなくなる
そんな時には
ぱりん　ぱりん　と生きるのよ
あれもこれもそれもどれも
透きとおる玻璃にして
音を立てて生まれ出なさい
ぱりん　ぱりん　奏でては
ぱりん　ぱりん　思い出す
ぱりん　ぱりん　ちょうどいま
あなたに降り注ぐ一生分のもの
天がくださる生きる智慧

今はまだ青い空

今はまだ雲は玩具《おもちゃ》
今はただ笑っていてちょうだい
ちいちゃなお目目で健やかに朗らかに
ぱりん　ぱりん　愛しき子
その時が来るまで
天からすべてをもらいなさい

# 未来紀行

もしかするとここは昔とよく似た、でもかすかに異なる場所で
自分でも気がつかないうちに違う世界へシフトしているのかな。
誰一人わたしを知らないところまで飛んで来たのだろうか。
家族でさえ、わたしのことを知っているフリしているとか。
「おーい。」
ベランダから空に向かって小声でさりげなく確認してみる。
けれどあまりよくわからないまま、また部屋に戻る。

人は本当に時折ふわふわと漂い
いつもは触れない膜（次元）に触れているだろう。
そうやっていくつもの膜と膜をくぐるうちに
自分にくっついている手綱の素材まで

少しずつなんとなく変化していって
それは、へその緒みたいな物だから
手綱の存在をしっかり認識しておかないと
「あれ?」となるのだろう。
このまましばらく、
ふわふわしているのもいいかなと長くいれば
いつしか手綱の存在まで忘れてしまうのかな。
ある程度、時間が経ったら元の場所へ帰ることを思い出して、
手綱の存在を覚えておく方がいいのかな。
果たして手綱はこの地球に繋がっているのか。
それとも、ほかの惑星か。
もっとずっと向こうがわの銀河だったりして。
わたしの手綱の本当の故郷はどこだろう。
そもそも手綱が必要なのかな、
宇宙というこの無限の中で。

ちびっこの頃、未来ばかりを見た。
ちびっこは未来のかたまりだから。
ある日、宇宙エレベーターに乗った。

宇宙エレベーターには
セントラルステーションがあって、
そこではすべてのほしの生き物たちが行き交う。
互いのほしの情報を交換したり、
これから向かうほしに似合った姿形に
自動的に変身できる場所でもある。
だから変身途中の面白い格好の宇宙人がいっぱいさ。
尻尾がまだ宇宙人です。
頭がまだ宇宙人です。
顔が半分宇宙人です。
指があまりにも宇宙人です。
念うことで伝えたり、

触れることで交換したり、
見つめることで理解したり、
わかりあう方法が様々です。
たくさんの宇宙人がおしゃべりしているのに
辺りは、りイーん、りりイーん、りイーーりんと
綺麗な音がほんの少し鳴っているだけです。

宇宙エレベーターは猛スピードで移動します。
あまりに速すぎて、ある時点からは
パーフェクトな無になります。
急上昇。急降下。急前進。急後進。急左右移動。急回転。
これらの組み合せで、あらゆる方向とあらゆる次元へワープします。

宇宙エレベーターに乗って
いろんな部屋（ほし）をのぞいてみたら、
地球ほど

カラフルでにぎやかなほしは
ほかになかったような気がするよ。
地球は赤ちゃんみたいにケラケラ笑っている感じで、
ほかのほしはとても落ち着いた大人のような雰囲気だった。
地球のほうがきっと楽しいにちがいないって。
こんなにまぶしくて、あったかくて、
信じられないくらい奇跡のほしは
ほかにはないいんだって。
チビッコはそう思ったんだ。

そしたら急に、家や学校を思い出して、
そろそろ地球へ戻ろうかなと思ってみたけれど
帰り方がわからない。
ステーションは巨大な球体になっていて
エレベーターの扉は無数にあったから、
どれが地球へ行く扉か見当もつかない。

扉たちは消えては現れて、現れては消えてを繰り返し、
上から来たり下から来たり、右から来たり左から来たり。
一時もとどまることなく、数えきれないほどの扉が
このセントラルステーションで集結し分散する。
そしてチビッコはひらめいた。
（ここは宇宙を創ったおおきなおおおおきな神様に
抱っこされながら優しい心で動かされているんだ。）
続けてチビッコはひらめいた。
（ステーションの中で、
一番地球人に近い姿形の宇宙人についていけば
地球に戻れるでしょう。）
なるほどね！
うなずきながら再びチビッコはひらめいた。
（ひらめきとはセントラルステーションからの囁き。
どの次元にいても届けられる神様からの伝言なんだ。
一瞬一瞬ひらめくことで神様に導かれているんだね。）

宇宙人達をじじーっと観察して、
その中から最も人間に近い宇宙人を見つけた。
そのおじさんはスーツケースを持っていて、
ビジネスマンの格好にもうすぐ完成しそう。
ビジネスマンと同じくらいの歩幅と速度で、
歩く練習をしている。
まだ下手っぴで、ところどころ
スーと地面から足を浮かせて歩いてしまう。
つい宇宙人らしさが出ちゃう。
おじさんはかなり都会のビジネスマンになるつもりだね。
チビッコの足では駆け足でないと追いつけないもの。
おじさんを見失わないように、
転びそうになりながらも小走りでついていく。
おじさんが、ある扉の前で止まった。
扉が開くのを待っている。

その横でチビッコも待った。
横目でおじさんをちらりと見上げてみた。
おじさんはチビッコの存在に気づいているのか、いないのか。
ただ真っすぐに前を向いている。
でも行きたい所は二人同じだと互いにはっきりとわかった瞬間、
曖昧だった扉の輪郭がくっきりと二人の前に示されたその時、
扉は開き、二人は乗った。
そして、二人で呼吸ひとつ整えたら、
猛スピードの移動がはじまった。
来た時とは逆のワープをして、
エレベーターの中でおじさんはますます人間になっていく。
チビッコは頭がクラクラして、すんごくものすんごく
眠たくなった。

エレベーターは海の上の真ん中にふわっと静かに着水。
じつは物体としては透明だからエレベーターは目に見えない。

陸の方へ道が一本伸びていて、
歩くごとに消える道だからこれもまた目に見えない。
この道を歩くことで離着星の最終調整をする。

陸の方からこちらへ向かって来る人達もいる。
これから初めて宇宙エレベーターに乗る人も中にはいて、
すれ違いざまにそれがなんとなくわかったから、
「猛スピードだよ！」とグッドラックのサインを贈った。
その人、とびきりのウィンクをした。
（ああ、なんて幸せなんだろう。
こうやってみんながどんどん仲間になっていく。）
チビッコの囁きと神様の囁きが同じになる頃、
チビッコの中に神様がいて、神様の中にチビッコがいる。
チビッコと神様は溶け合って囁き合う。

すでにずっと前方を歩いて陸へ向かっている人達もいる。

先にセントラルステーションから宇宙エレベーターに乗って
ここへ新しくやって来たのか、それとも帰って来たのか。
すっかり後ろ姿も地球人だから、
本当は宇宙人なのか、元から地球人なのか、もうわからない。
今や地球人でも、宇宙エレベーターに乗ったなら
立派な宇宙人だ。
だって、あのステーションで
どんなほしの生き物にも変身して
ほしぼしを自由に旅できるんだもん。

地上では宇宙エレベーターが完成したお祝いの
フェスティバルが盛大に行われている。
色とりどりのバルーンが大空を舞い
大地には花々が咲き誇り
吹き抜ける純真な風がその花びらを降らせて
蝶や鳥は歌うように羽ばたいている。

大勢のひとびとも幸せに笑っている。
そうだよね！これが地球だよね！
チビッコの胸は高鳴りながら、
家族や親戚、友人達が待つ屋台まで全速力で走っていった。
すっかり見えなくなってしまったおじさんに
（おじさんありがとう。バイバイ。元気でね。）
目をつぶって思ったら、遠くで、ぴかりーんとひとつぶ光った。
（おまえも元気でな。がんばれよ。）
額なのか胸なのかお腹なのか、チビッコの体内でお返事が響いた。
テレパシーという言葉を知ったのは、それからずっと後のこと。
いのちと共に授かった力のすべて、宇宙エレベーターは呼び覚ます。

それから数十年後の未来となる今日。
今日よりも
あの日のほうが
もっと未来だった。

中途半端に大人になった脳が？精神が？
疑うことばかりを覚えて、
目の前に現れた扉を幾つ見逃しただろう。
開かれるはずの扉を幾度あきらめただろう。
どれだけの未来がまだ叶わずにいるだろう。
遅延された未来は言っている。
三次元でドアホと呼ばれるのを恐れたのは誰かな。
あれほど美しい未来がこのほしにあると
確かめたのは誰だったかな。
夢想家って言われたっていいじゃない。
ドアホ勲章いただきましょう。
合言葉は「ドア（扉）Hooo～」
Just on the border.
フェスティバルは間もなくだぜ。
今こそ全員がヒーローだぜ。
宇宙エレベーターに乗って

彼方の意思に乗るんだぜ。
未来のずっと先まで渡っていくゼェー。
ギュイーン、グゥイーン
べビべビべイビーべイべー
ピピピ、ピピ、ドゥビドゥバ
ピピピピピ、ププッピドゥー
ピッポ、パッポ、ピッピッポ、パッポ
ピピ…ポ…応答ねがいます。
こちらステーション。
ミライノカタマリ（地球）に住む
ミライノカタマリ星人へ。
きこえますか？

はい。きこえます。
こちらミライノカタマリ。
やはりここはとてもまぶしいほしです。

生と死への衝動のすべてを
まぶしさへと繋げています。
胎児のようにまるまって、
うまれたときと同じ声でなきながら
かなしみも愛だと学びました。
ミライノカタマリ星人達は今、
それぞれのチビッコに再会しています。

# 親愛なるあなたへ

星がすぐそこに
今宵どれだけの人が
この星をつかまえただろう
この手に触れた誰かは感じてくれたかな
星をにぎりしめながら伝わる
まだ知らない誰かの温度
生きることに震えている
こなごなのきらきらに
スパークしながら
ほら瞬いた
ほらまた

さびしさに負けてしまいそう
膝を抱え何度でも確かめ合う
真っ白な予感はあの広場で
天界の音階となった

そうさ未来
天国で誓った日から
まばたき三つくらいのときに再会しよう
星と星を越えてこの星を奏でるの

瞳をとじて見つめ合う
あなたのなかの
いちばんまぶしい
あなたしかみえない
ほらまた瞬いた

# 恋

本当はひとりじめにしてしまいたい

僕の浅ましさは増すばかり
ますますおしまいがいいと望んだけれど
前にも後ろにも行けない
もう一度やり直さないといけない
でも行けない

困らせたくない
傷つきたくない
だからどうしても
言えないことや

聞けないことが
僕を絞めつける

結局、
あなたの全てにはなれないということで
でもあなたはとっくに
僕の全てになってしまっているということ
あなたはたぶん僕に出会わなくてもよかった
でも僕はあなたに出会わなければならなかったんだ

どうかこれを
幼稚な恋と呼ばないで

# うつくしいふたり

ありがとうをさいごのことばにできず
いかないでをちからなくのみこんで

さよならだけはいやだったのに
さよならしないとすすめないところに
たっていた

うつくしくおわりたかった
うつくしいふたりだったから

# Rain　rain　rain

雨にうたれてみた
両手を器にして精一杯の過去も雨に見せた
腕も髪も足も雨でいっぱい
雨がはじまるところをじっと見てばいばいと言った

# ぼくのろうそく

じっとしていたら
掴んでしまうものがある
この空に何がわかるだろう
もっとおりてきてよ
その雲で何もかも吸い上げてほしい
そうして唯の気体になりたい
それでも覆いかぶさってはくれない
たったひとつのひろい空

あの時の会話
どうやって終わったんだっけ
笑うことだってできる

優しくすることだって
見上げたら込み上げた
たまらない空

胸の痛みが尽きるまで
あとどれくらい
演じればいいの
夕べやって来たのは愛しさだった
けれど叫びに似ていた
雨がとんでもなく降りはじめたから
探すことはもうやめにして

小さな葉のうえで眠りましょう
綺麗なさよならも見つけられないまま
イイエサヨナラハキレイスギテモザンコク

雫をふるわせて願いましょう
この出会いがまっさらになってくれたなら
カナシミトダキアッテイルカラキエカケル

気づいたきみがここへ走って来た
そしてぼくをきつく抱しめて
今までごめんねと言ったんだ

幻がさらにぼくを打ちのめす

ゆれている
ぼくのろうそく

# 水色の歩《ほ》

確かめようのない、コタエのない、くるしみをわたしも知っています。どうしようもないのでそれを、息もつまる美しさだと捉えることにします。もし、わたしが死んだのだとしたら、それは「美」の中でのこと。そうやって想像することが唯一の救いです。今、ラリマーが手の平にあります。

## 楽園

かみさま
ごめんね
わたしは
ときどき
鬼になる
そんな時
わたしを
たすけて
ください

かみさま
たとえば

素敵な人
あの人も
ときどき
鬼になる
そんな時
わたしを
ピエロに
してよね

ほおずり
しながら
抱しめて
ふたりで
楽園まで
行くのよ

# ファンファーレ

遠くできみ
こちらを見つめては待っている
身じろぎもせず
だけどぼく
埃まみれの靴底で
歩み寄るのに迷っていた

卒業式の喧噪の中
離れたぼくらに声は届かずとも
紙吹雪をつけたくちびるで
ほんとうのことを言った
ふたりして

無声映画がどうして美しいのか知ったあの日
きみとぼく映し鏡のように
うなずいて手を振った

耳の奥で炭酸水のはじける音がする
きみがくれた便箋と同じ匂いがする
この清い空を清いままにしてそしてまた
ぼくにエンジンをかけるのはきみ

# うたう惑星

深海はひっそりと過ぎて行く
古からの瑠璃が形づくる螺旋
オーロラの生気聴こゆる螺鈿
月の光も届かなくなって
夜の色も見えなくなって
黙り込む
どうしよう
どこへ歩こう
でも与えられた白妙の伝言
突然咳き込むのは
抱えきれないほど想い出したから
無様な僕を一滴残らず飲み干して

久遠の中心で足をとめる
ホライズンは旋転する
波はどこへ向かおう
雲はどこへ伸びよう
愛は想う
愛が想う
愛の想い
愛に想う
愛を想う
愛のもの
愛なるものに
言葉のすべて
さらってほしい

# 林檎

おなじばしょで
おなじままのわたし

ああ　あとわかり
林檎のよになって
とんでいった

ひとつのこった
ひとつのこたえ

## 初出一覧

| | |
|---|---|
| Garden | 「脈」83号　二〇一五年二月 |
| あおいちきゅうにキスして | 「宮古島文学」No.6　二〇一一年一月 |
| ところ | 「宮古新報」二〇一〇年十一月 |
| バニラ・ベール | 「1999」Vol.8　二〇一一年七月 |
| REBIRTH | 「宮古島文学」No.5　二〇一〇年七月 |
| 女 | 「宮古新報」二〇一〇年十月 |
| 手紙 | 「あすら」23号　二〇一一年二月 |
| 理乱クーラント | 「脈」72号　二〇一〇年十二月 |
| 運命 | 「脈」74号　二〇一一年十二月 |
| 旗 | 未発表 |
| いのちのきもち | 「宮古島文学」No.7　二〇一一年九月 |
| かなしい呪文 | 「脈」77号　二〇一三年五月　原題「愛してる」 |
| 二つの銃 | 「宮古島文学」No.7　二〇一一年九月 |
| ふくらんだ水 | 「アブ」8号　二〇一〇年九月 |
| 約束どおりにレインボー | 「琉球新報」二〇一四年四月 |
| ルーレット | 「脈」74号　二〇一一年十二月 |
| せかい | 「宮古新報」二〇一一年四月 |

痛い　「アブ」12号　二〇一二年十一月
ノクターン　「脈」83号　二〇一五年二月
終わりのない歌　「宮古島文学」No.5　二〇一〇年七月
嗚呼　「宮古島文学」No.6　二〇一一年一月
しらべきらめく　「脈」74号　二〇一一年十二月
未来紀行　「脈」74号　二〇一一年十二月
親愛なるあなたへ　「アブ」9号　二〇一一年四月　原題「星の海へ」
恋　未発表
うつくしいふたり　未発表
Rain rain rain　「宮古島文学」No.5　二〇一〇年七月　原題「愛しい雨」
ぼくのろうそく　未発表
水色の歩　「脈」83号　二〇一五年二月
楽園　未発表
ファンファーレ　「琉球新報」二〇一一年二月
うたう惑星　「あやはべる」No.9　二〇一一年十一月
林檎　未発表

＊この詩集に収めるにあたって、ほとんどの作品を改稿しました。

あとがき

また詩集を作りたいと思うまでには、とても時間がかかりました。初めて詩集を出した後、ためになることもありましたが、苦しめられたりもしたからです。からだを削られる感覚で詩集を作っても、その後、さらなる痛みが続くなんて一体なんのためにこんなことをしているのだろう？と不思議でたまりませんでした。詩を書くことで全身がぶるぶる震えて訳のわからない興奮を味わうこともあれば、書いた詩一つ分、寿命が縮んだ気がしたこともあります。のんびり時を過ごすには、これはやはり触れてはいけない水脈に思えました。

それでもまた詩集を作りたいと思ってしまった自分の性質に怯えながらも、どうすることもできない疼きがこの腕を引っ張ります。

沖縄県生まれということで暗に反戦歌を求められることがあり、戦争を知らない私はどうやって書けばいいのかわからず、首を絞められているようで呼吸が乱れてしまいます。どんなに目をつぶり耳をふさぎ口をとざそうとしても、どこにも逃れられません。おそるおそる不安なまま、喉元に手を当てています。

美しいものを美しいままに美しくはなてるとき、おぞましい戦争を生きた方々のいのちのきもちが、この血流にあることを心に置いておかなければ。

どんな人にも、その人にうたわれるべきうたがあり、それを見つけて日々の暮らしそのものがうたになっているのでしょう。うたがわからなくなり、うたに翻弄されて声さえ失ってしまうこともあるでしょう。それもまた既にうたになっていることをこの惑星はわかってくれていると思います。今日も明日も明後日も健気にうたう人間を見つめるあたたかい眼差しを感じられれば、なんとかやっていけそうな気がします。

どうやって詩を書いたらいいのかわからなくなった私に、「新しい詩は書けましたか？」といつも気にかけて御声をかけてくださった各誌の代表者の皆様のおかげで、ある程度、数がそろい、こうして詩集にすることができました。心より感謝申し上げます。

また、編集に関しまして、ボーダーインクの宮城正勝さんには親身になって対応していただき、何から何まで大変お世話になりました。全く何も知らない私をひとつひとつ丁寧に導いてくださりまして、本当にどうもありがとうございます。言い尽くせない程ただただ感謝しております。

二〇一六年二月

瑶いろは

瑶いろは（よう・いろは）

一九七八年一月、沖縄県生まれ。同志社大学商学部卒。フリースクール教員、証券会社オペレーター、セラピストなど好奇心のおもむくままに職を転々とする。出産を機に、詩集を作りたいという気持ちが高まり、二〇〇九年に出した第一詩集『マリアマリン』で第三十三回山之口貘賞受賞。那覇市在住。

詩集　うたう星うたう

2016年3月1日　初版第一刷発行

著　者　瑶いろは

発行者　宮城正勝

発行所　（有）ボーダーインク

〒902-0076　沖縄県那覇市与儀226-3

tel.098（835）2777　fax.098（835）2840

印刷所　でいご印刷

ISBN978-4-89982-295-0